GASTON FORTIN

OPÉRETTE EN UN ACTE

Paroles de M. Gaston FORTIN

Musique de M. Adrien DOYEN

Pièce jouée aux Théâtres Montmartre, Batignolles, Tivoli, Rossini, Saint-Cloud, Casino de Vincennes et Concert de la Pépinière

2 H. — 1 F.

PARIS

C. JOUBERT, Éditeur, 25, rue d'Hauteville.

Répertoire de la Société Dramatique.

Anciennes Maisons BRANDUS & JOUBERT réunies

C. JOUBERT, Successeur

ÉDITEUR DE MUSIQUE

PARIS. — 25, Rue d'Hauteville, 25. — PARIS

RÉPERTOIRE

DES OUVRAGES DE CONCERT EN UN ACTE

ABRÉVIATIONS : D. Veut dire du répertoire de la Société Dramatique, 8, rue Hippolyte Lebas. — Le surplus appartient au répertoire de la Société Lyrique, 10, rue Chaptal.

LOC. Veut dire : La musique n'est qu'en location et ne se vend pas.

Opérettes et Vaudevilles

AUTEURS	TITRES DES ŒUVRES	Hommes	Femmes	Prix nets	AUTEURS	TITRES DES ŒUVRES	Hommes	Femmes	Prix nets
Saint-Maurice	Abricot (L') d	troupe	»	loc.	F. Bernicat	Cadets de Gascogne (Les)	troupe		7 »
D. Campisiano	Absalon	2	4	6 »	Banès	Cadiguette (La)	1	1	5 »
Guillemand	Adrien n'aime pas le Piano	3	1	loc.	Saint-Paul	Cage de l'Oncle Tom (La)	3	2	loc.
Vallès-Garnier	Affaire Cœurueveau (L')	5	1	loc.	Lebreton	Caïn	3	2	loc.
St-Paul-G. Rosefils	Agence est au-dessus (L')	3	3		Javelot	Calino amoureux	2	1	3 »
F. Bernicat	Agence Rabourdin (L')	1	1	5 »	Lebreton et Sendant	Camelots (Les)	6	5	loc.
Moreau	Ah ! c'te Veine d	7	7	loc.	Chevalet-Audray	Canne d'un grand homme (La) d	2	2	loc.
Japy	A huitaine	troupe	»	5 »	Lebreton-Moreau	Ça porte bonheur	5	3	loc.
C. Roland	Aiguilleur (L') d	1	1	loc.	V. Herpin	Capricorne (Le)	troupe	»	loc.
Bessière	A la Caserne	6	2	loc.	F. Barbier	Carmagnole (La)	3	3	5 »
Lebreton-Bouvet	A la légion étrangère d	troupe	»	loc.	Lebreton-Moreau	Carnaval conjugal (Le) d	9	9	loc.
L. Bouvet	Ami Chambardel (L')	3	4	loc.	A. Berthon	Carnaval des z'arts	8	2	loc.
Bessière-Ruffier	Ami Vandière (L') d	7	6	loc.	Levavasseur	Carte de visite (Le)	3	3	loc.
Lebreton	Amour à coups de poings (L')	2	2	loc.	Autigeon-Desplan	Cascadin et Cie	6	5	loc.
Lebreton-St-Paul	Amour en dentelles (L')	2	2	loc.	Chabaud, Colonge, Tranchant	Ce pauvre Bobinet	2	1	loc.
G. Street	Amour en livrée (L')	3	1	5 »	De Marsan	Ce Sacré Narcisse	4	4	loc.
Desormes	Amour et l'appétit (L')	1	1	4 »	E. Sondant	Ces canailles de couturières ! d	6	5	loc.
Vallès Garnier	Amour et sauvetage	3	2	loc.	Thelu	Chambre à louer	1	1	2 »
A. Petit	Amoureux d'Yvonne (Les) d	5	3	5 »	Cuvillier	Chambre à part d	4	2	loc.
V. Roger	Amour Quinze-Vingt (L')	3	1	4 »	Henry Moreau	Chambre de bonne d	3	2	loc.
Bottin, Boulay-Layrice	Amours d'un piston (Les)	3	2	loc.	L. Bouvet	Chanson de Florentin (La)	3	2	loc.
M. Gribinski	Annonce (L')	3	3	loc.	V. Roger	Chanson des Ecus (La)	3	1	4 »
Desormes	Antoine et Cléopâtre d	2	1	4 »	P. Henrion	Chanteuse par amour (La) d	»	1	6 »
Bessier-Moreau	Aphrodites (Les) d	4	8	loc.	E. André	Chaos (Le)	1	1	4 »
Dorfeuil-Moreau	Après la vie de Bohême d	troupe	»	loc.	Moreau-Boucherat	Chasse royale d	troupe	»	loc.
L. Bouvet	A propos de bottes	2	»	loc.	Lebreton-Moreau	Chasseurs Alpins (Les) d	6	6	loc.
J. Emmecé	A qui le gosse ?	troupe	»	loc.	Lieutat	Chaste Suzanne (La) d	troupe	»	loc.
Monnery-Marien	Argot tel qu'on le parle (L')	5	3	loc.	H. Gilbert	Chaste Suzanne			
M. Chautagne	Arracheuse de dents (L')	2	1	4 »	Yvel	Chéri des Dames	4	2	loc.
Marc-Sonal	Arrêts de rigueur	1	1	loc.	Dourel, Roydel, E. Bebé	Chevalier Tric-Trac (Le)	2	8	loc.
Dourel, Roydel, Mosjardin	Artistes pour rire d	6	4	loc.	Dourel-Roydel	Chez la Costumière d	troupe	»	loc.
Géraldy	Ascension du Mont-Blanc (L')	1	1	4 »	Meynard	Chez le dentiste	3	1	3 »
L. Martin-Duhem	Auberge du Tambour battant (L')	2	2	loc.	Lhuillier	Chez les Corniquet	1	5	4 »
Oudot-de Gorsse	Au Chat qui pelote d	troupe	»	loc.	L. Rosenquest	Chicard et Bébé	1	1	4 »
Banès	Au Coq huppé	3	2	5 »	Bomier	Chien et Chat d	4	1	5 »
Uzès	Au soleil d'or d	3	2	6 »	Boulay-Layrice	Choc en retour d	2	2	loc.
Lebreton-Moreau	Au temps des cerises d	5	3	loc.	L. Bouvet	Cinq à sept de chez Pétrone (Les)	4	4	loc.
Guérineau	Auteur par amour	1	2	5 »	Moreau-Gramet	Cinq contre un	3	3	loc.
Lebreton-Moreau	Autour d'une guérite d	3	2	loc.	L. Bouvet-T. Muffat	Cinq sous de Lavarenne (Les)	4	3	loc.
Henry Moreau	Avant le bal	1	1	3 »	E. Brasseur-L.T.	Circulaire du Préfet (La)	6	2	loc.
L. Rivaux et G. Dubreuil	Avarié du Mardi-Gras (L')	3	2	loc.	Villebichot	Cirque Ponger's (Le)	troupe	»	6 »
Colonge, Garofalo, Combret	Baba Bouzouck d	5	6	loc.	L. Bouvet	Clémence d'Auguste (La)	2	1	loc.
Deransart	Baigneur et nageuse	4	1	3 »	Bessière	Clou (Le)	2	2	loc.
Autigeon, Dourel-Roydel	Baigneuses de Cocotteville (les)	5	9	loc.	L. Collin	Coco Bel-Œil	3	1	3 »
Moreau	Balayeur de chez Maxim's (Le) d	2	8	loc.	A. Petit	Cocotte et chiffonnier	1	1	5 »
Rose fils et Ryvez	Banquier malgré lui	3	3	loc.	L. Bouvet	Codicille (Le)	4	4	loc.
Lezerre	Barbe-Bleue	[illegible]	[illegible]	2 »	Villemer, Delormel, Péricaud				
L. Moche	Baronne	2	1	loc.		Colosse de Rhodes (Le)	3	»	4 »
Rascee-Tranchant	Bataillon Desroches (Le) d	10	10	loc.	A. Petit	Confections pour dames	2	4	3 »
Autigeon-Desplan	Battage (Le) d	2	1	loc.	L. Bouvet-Schmoll	Congrès des Cocottes (Le)	5	7	loc.
A. Moyne	Béguin d	2	1	loc.	G. Touzé H. Barbé	Conquêtes difficiles	3	1	loc.
Mestre-Aubry	Belle Dinde (La) d	9	11	loc.	Lebreton-Moreau	Conscrits bretons (Les) d	7	5	loc.
De Marsan	Belle-mère apprivoisée (La)	4	3	loc.	L. Collin	Conscrit tyrolien (Le)	1	1	3 »
Lebreton-St-Paul	Belle-mère est sans pitié (La)	2	2	loc.	E. Brasseur	Constat d'adultère d	6	3	3 »
Waens	Bibi ou l'Enfant de l'Amour	1	1	4 »	Habrekorn et P. Marc	Contes de Piron (Les)	2	10	loc.
L. Lebreton, L. Mars.	Bon billet de logement (Le)	7	6	loc.	Lebreton-Moreau	Contrôleur des Wagons-Bars (Le)	5	3	loc.
F. Bouvet-T. Muffat	Bonne nuit Tardiveau !	3	2	loc.	Ryvez	Cordon s'il vous plaît	3	3	loc.
		ou 2	1		Lebreton-Moreau	Cote et Cocottes	4	4	3 »
E. Bessière	Bonsoir !!!	1	1	loc.	C. Roland	Courroie (La)	2	1	loc.
Cellier-Joullot	Boudoir discret	2	1	loc.	J. Darc et G. Habrekorn	Course aux pantalons (La) d	6	4	loc.
Moreau-Gramet	Bougnol et Bougnol	4	2	loc.	Habrekorn	Couturière est au-dessus (La)	2	3	loc.
Villebichot	Boum ! Servez chaud !	3	2	4 »	A. Cellier et E. Joullot	Couverture (La)	4	3	loc.
Hubans	Brelan de bègues	2	1	5 »	Mixe et Saintis	Crocodile à des scrupules (Le)	3	3	loc.

LE MORT VIVANT

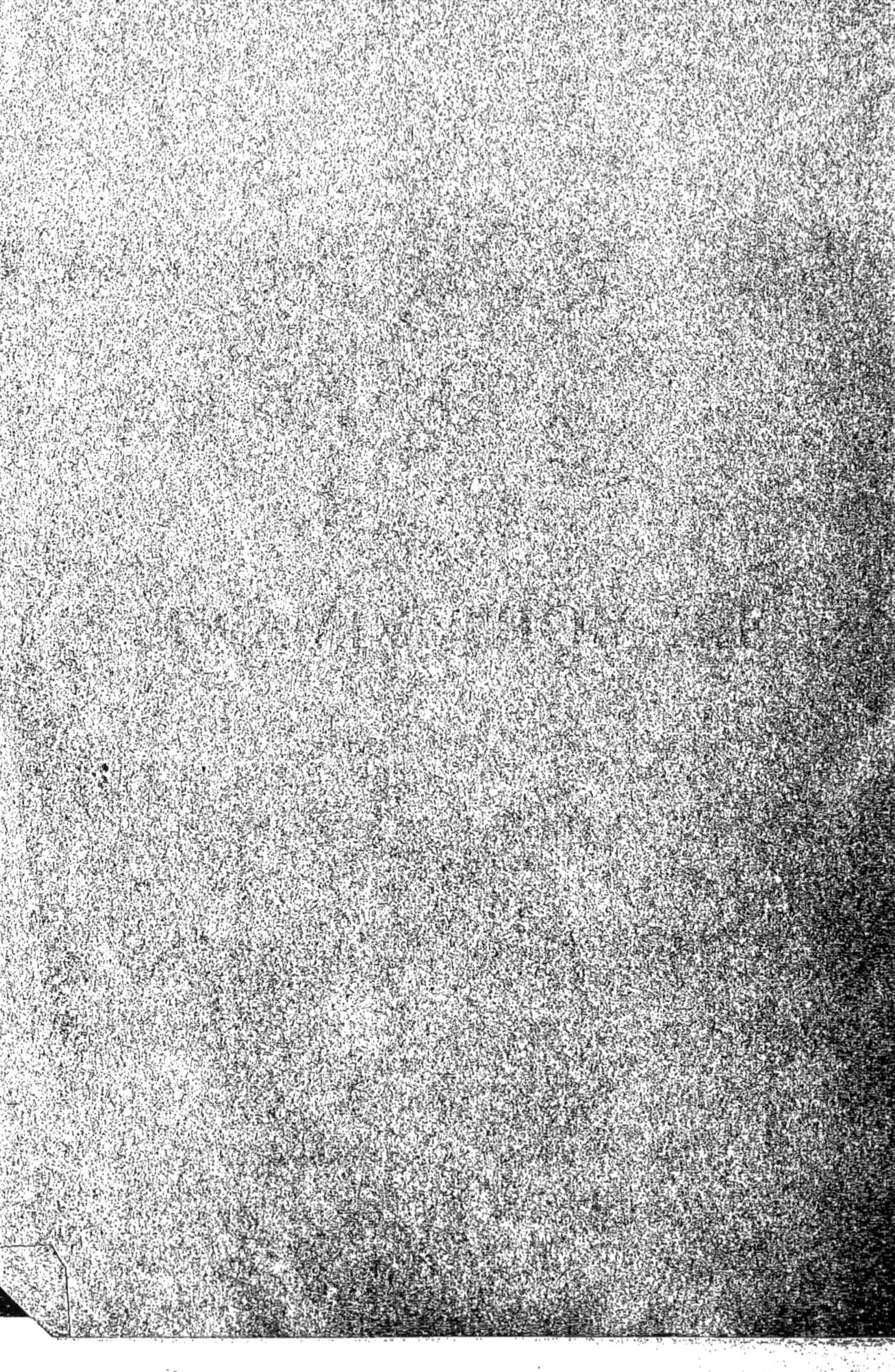

GASTON FORTIN

LE MORT VIVANT

OPÉRETTE EN UN ACTE

Paroles de M. Gaston FORTIN

Musique de M. Adrien DOYEN

Pièce jouée aux Théâtres Montmartre, Batignolles, Tivoli, Rossini, Saint-Cloud, Casino de Vincennes et Concert de la Pépinière.

2 H. 1 F.

PARIS

C. JOUBERT, Éditeur, 25, rue d'Hauteville.

Répertoire de la Société Dramatique.

LE MORT VIVANT

OPÉRETTE EN UN ACTE

Paroles de M. Gaston FORTIN

Musique de M. Adrien DOYEN

Pièce jouée aux Théâtres Montmartre, Batignolles, Tivoli, Rossini, Saint-Cloud, Casino de Vincennes et Concert de la Pépinière.

PERSONNAGES :

	CRÉATEURS
CHRISOSTOME, soldat	MM. DECILLE
IGNACE, meunier	JEAN PAUL
JEANNETTE, fermière	Melle ANGÈLE DERBY

Le théâtre représente une place de village, à droite, habitation de Jeannette. A gauche, maison d'Ignace. Tables, chaises, etc.

SCÈNE PREMIÈRE

Jeannette, *entrant, à la cantonade.*

C'est bon, père Jérôme, c'est bon, j'en recauserons. *(Descendant, au public.)* Depuis bientôt trois mois j' sommes poursuivie obstinément par Ignace, le fils au meunier d'à-côté, qu'est désireux de m'épouser moi, mes bêtes et ma ferme. Mais nenni, j'ons donné ma parole à Chrisostôme, un brave garçon qui m'aimait quand je n'avions rien, et qu'a emporté mon amour à l'armée de la guerre. J' lui ons juré fidélité, mais le pauvre garçon devait arriver aux prunes et v'là la St-Martin et j'attendons toujours le moment ous qu'il m'appellera sa femme. C'est égal, il serait temps que ce moment arrive, car le père Jérôme et Ignace veulent que je m' décidions et malgré moi j'attendons vainement mon amoureux.

SCÈNE II

Jeannette, Ignace.

IGNACE, *entrant, à part.*

Allons bon, voilà la belle Jeannette qui pleurnichons, gageons qu'elle pense encore à ce militaire du diable ! *(A Jeannette)* Eh ben, la Jeanneton, ça ne va donc pas ce matin ?

JEANNETTE, *l'apercevant.*

Ciel ! le fils au père Jérôme.

IGNACE

Nous avons donc du chagrin ?

JEANNETTE

Moi, vous vous trompez, mossieur Ignace, j' nons rien...

IGNACE

Oh ! mais que si... On ne m'en fait point accroire à moi, Ignace Bêtempluche !

JEANNETTE

Que voudriez-vous donc que j'ayons ?

IGNACE

Vous le savez ben ce que je voudrions, c'est que ce p'tit cœur-là battions intantinet pour moi, chaste bargère, comme on dit à Paris...

JEANNETTE

Mossieu Ignace, ne parlons point d' çà. Vous savez ben que j'ons donné mon cœur à un autre...

IGNACE

Comment vous pensez toujours à ce Chrisostôme comme vous l'appelez. Mais voyons, regardez-moi tant seulement un brin, je ne l'ons jamais vu cet habitant des déserts oùs que les chameaux remplacent les ânons d' cheu nous ; mais je parierions ben deux coups de poing qu'il ne me vaut pas.

JEANNETTE

C'est un bel homme, entendez-vous ben !

IGNACE

Je le voulons ben, mais c'est épais, c'est pas éduqué. Tandis que moi j'ons été dans le plus grand monde de la Capitale, moi qui vous parle, j'ons été garçon d'écurie chez des grands seigneurs des Porcsmann qui allaient dans les six petites chaises et qui avaient été au collège tandis que lui...

JEANNETTE

Lui, je l'aime, et il me le rend ben...

IGNACE

Et moi, jeune nymphe vierge comme on ditzà Paris, je vous idolâtre ! mais regardez-moi si j' sommes pas un beau gas !

AIR : *N° 1*.

Admirez-moi bell' Janneton
Voyez ma tournur' voyez quel bon ton ;
Je suis r'cherché de chaqu' fermière
Mais c'est vous seul' que je préfère.
Je suis meunier et j' voyons ben
Qu'à mon moulin
Chacun' veut apporter son grain ;
Mais j' nen voulons pas,
Car n'y a qu'vos appas
Qui fass'nt (tictac) (*ter*) tictaquer mon cœur [ici-bas (*bis*.)
De tout' les femm's J' suis la coqu'luche
Et le beau sex' sur mon chemin
Dit ! Voyez-donc M'sieur Bétempluche ! (*bis*)
En plu... eu.. che, en pluche
Ah ! c' gaillard-là comme il est bien !
Mais voyez donc } (*bis*)
Quel gai luron }
M'sieu Bétempluche ! (*Bis*.)
Ah ! qu'il est bien
M'sieu Bétempluche
Ah ! qu'il est bien,
Admirez-moi bell' Jeanneton
Voyez ma tournure,
Voyez ma figure,
Admirez-moi, (*bis*.) Bell' Jeanneton ! (*Bis*).

(*Parlé*) Voyons, Jeannette, un bon mouvement.

JEANNETTE

Jamais !..

IGNACE, *à part.*

Diable ! ça ne fait pas mon affaire, car il y a de bons écus de ce côté-là.

JEANNETTE

Chrisostôme ne me le pardonnerait pas quand il reviendrait.

IGNACE, *à part.*

Oh ! quelle idée ! (*Haut*) quand il reviendrait... Oui... sans doute... mais...

JEANNETTE

Mais ?.. Que voulez-vous dire ?

IGNACE.

Oh ! rien, seulement les soldats qui sont militaires... dam ! c'est volage...

JEANNETTE

Oh ! Chrisostôme ne me trompera jamais... il a du cœur.

IGNACE

Et puis dans ces pays lointains... il arrive quéqu'fois des accidents... on peut être mangé par des bêtes féroces et autres insectes malfaisants ou ben encore...

JEANNETTE

Quoi donc deplus ? mon Dieu ! car vous me donnez la chair de coq dans les cheveux.

IGNACE

Oh ! non... non... je ne voulons point vous faire de la peine...

JEANNETTE

M'sieu Ignace, parlez, je le veux, vous savez quelque chose.

IGNACE, *à part.*

Allons, d'la malice. (*Haut.*) Eh ben ! Dans les batailles, les boulets, ils ne choisissent pas toujours les plus vilains hommes et dam!.. nous sommes tous mortels, et un malheur est si vite arrivé...

JEANNETTE

Oh ! Si un pareil coup me frappait, je n'savons point ce que j'deviendrions.

IGNACE

Eh ! parbleu ! madame Bétempluche, donc!

JEANNETTE

Mais non, c'est impossible !..

IGNACE

Impossible ! cependant tous les gars du pays partis à quand lui sont revenus, et lui seul...

JEANNETTE, *troublée.*

C'est vrai. (*Elle pleure.*)

IGNACE.

Voyons, du courage, mamzelle... Et tenez, je ne pouvons pas vous laisser espérer plus longtemps. Jusqu'ici j'avions pensé que vous m'aimeriez pour moi-même, mais puisqu'il en est autrement, eh ben!..

JEANNETTE

Eh ben?

IGNACE, *tirant une affiche de sa poche.*

V'là z'un journal que j' cachions d'puis trois jours pour qui n' vous tombions pas sous les yeux.

JEANNETTE

Vous savez ben que je n' savons pas lire...

IGNACE, *à part.*

Parbleu!

JEANNETTE

Mais qu'est-ce qu'il y a donc sur c'te feuille?

IGNACE

Il y a... il y a... que Chrisostôme...

JEANNETTE

Achevez...

IGNACE.

A été tué dans la dernière affaire contre les bédouins. (*A part*) Ouf! ça y est. (*Il croit mettre son journal dans sa poche, la feuille tombe à terre.*)

JEANNETTE

Oh! mon Dieu! Quel malheur! (*Elle tombe dans les bras d'Ignace.*)

IGNACE

Eh ben, Jeanneton, voyons, revenez à vous. (*L'embrassant*) C'est moi, votre petit Gnagnace...

JEANNETTE

Ils m'ont tué mon amoureux.

IGNACE

Oui, mais le sort m'a mis au monde pour vous consoler, ma petite Jeannette.

JEANNETTE, *s'asseyant.*

Tout est perdu!

IGNACE, *gaîment, à part.*

Tout est sauvé! (*Haut*) Je pars, mamzelle... mais pour revenir bentôt avec mes cadeaux d' fiançailles... (*Au public*) Je suis rien Lovelace, comme on dit z'à Paris. (*Il sort en courant.*)

SCENE III

JEANNETTE, *assise.*

Ainsi tout est fini, je ne reverrons plus mon bien aimé... Mais c'est affreux ça et de quel droit le gouvernement en faisant tuer mon amoureux m'a-t-il rendue veuve avant mes noces. (*Elle se lève.*)

AIR: N° 2.

COUPLETS

Ainsi je ne le verrons plus
Celui qui possédait mon âme
Tous mes regrets sont superflus
Je ne serons jamais (sa femme) (*ter*)
Ils l'ont envoyé pour pâture
A ces bédouins (si détestés,) (*bis*)
C'est pas possibl' que la nature
Permett' de ces atrocités.
Ah!

Refrain

Que l' pays envoie au sein des combats. } *bis*
Tous ceux qui march't avec des béquilles... }
Mais du moins qu'il laiss' les jolis gas (*bis*)
Pour courtiser les filles. (*ter*)

2e COUPLET

Allez bêler mes pauvr' moutons,
Vos tendres amours dans la plaine,
Moi seule ici je resterons.
Pour me dépérir de (ma peine.) (*ter*)
Je l'aimions tant mon Chrisostôme,
Avaient-ils donc (l' droit d' me l'enl'ver) (*bis*)
Pour fair' cet usage-là d' mon homme
Ils auraient ben pu me l' laisser
Ah!
Que l' pays envoie au sein des combats.
Etc. etc.

Va falloir maintenant que j'épouse Ignace, car j'avions toujours dit que j' serions sa femme si Chrisostôme ne revenait point. C'est égal, Ignace aura la fermière, mais le cœur sera toujours au souvenir. (*On entend une ritournelle sur un mouvement militaire.*) Hélas! encore des gas qui reviennent au pays, des fiancées heureuses et des amants qui attendent vainement comme j'attendions. (*Elle s'assied.*)

SCÈNE IV

Jeannette, Chrisostôme.

CHRISOSTÔME, *en dehors.*

Oh ! là ; la maison, personne pour recevoir les amis qui reviennent...

JEANNETTE, *stupéfaite.*

Oh ! mon Dieu ! Cette voix ! pourquoi a-t-elle étouffé mon cœur et serré ma tête...

CHRISOSTOME, *en dehors.*

Jeanneton ! Jeanneton ! Où est-elle ?

JEANNETTE, *se levant en courant.*

Mais c'est lui, c'est Chrisostôme !..

CHRISOSTOME, *entrant en costume de route.*

Ah ! la voilà !...

JEANNETTE, *se jetant dans ses bras.*

Ah ! il n'est pas mort !

CHRISOSTÔME

Pas encore, mille noms d'une capucine !..

AIR : *N° 3.*

COUPLET

REFRAIN

Eh ! bonjour ma Jeanneton,
Après un long temps d'absence
Je m'en reviens au canton.
Eh ! bonjour ma Jeanneton
Sans ballon ni diligence,
Et bien vivant nom d'un nom ! } (*Bis.*)
Eh ! bonjour ma Jeanneton !
Je m'en reviens au canton !
Eh ! bonjour ma Jeanneton

(*Jeannette l'examine avec joie et surprise.*)

JEANNETTE

Est-ce ben vrai, Chrisostôme, c'est toi, ben toi.

CHRISOSTÔME

En chair et en os, mille noms d'une capucine !

JEANNETTE

Mais je rêvons, ben sûr...

CHRISOSTÔME

A cause donc, ma petite Jeanneton.

JEANNETTE

Comment ? à cause donc ? Ce matin ici, à c'te même place, on m'a lu un vilain journal qui parlait de ta mort sur le champ de bataille.

CHRISOSTÔME

Allons ! Jeannette, pas de bêtise, il ne faut pas rire avec ces choses-là.

JEANNETTE

Alors ! t'es ben certain que tu es vivant ?

CHRISOSTÔME, *la pressant sur son cœur.*

Tiens ! sens plutôt si mon cœur ne bat pas la générale comme le jour où je t'embrassai au détour de la route, en nous jurant fidélité ! t'en souviens-tu, Jeanneton !

AIR : *N° 4.*

DUO

CHRISOSTÔME

Ma Jeannette, ma Jeannetton !
Ma Jeannette, (*bis*) ma Jeannetton !

JEANNETTE

Sa Jeannette, sa Jeannetton !

CHRISOSTÔME

Tout comme autrefois, je t'aime

JEANNETTE

Tout comme autrefois il m'aime.

CHRISOSTÔME

Sens mon cœur battre et dis toi-même } *bis.*
Si (je t'aime) ! (*bis*)

JEANNETTE

A ton tour, tiens, mon Chrisostôme
Mets ta main là, comme autrefois (*bis*)
Comme autrefois.
Tiens, sens-tu comme } *bis.* } *bis.*
Mon cœur bat
Au son de ta voix. (*bis*)

CHRISOSTÔME

Approche et qu' sur ta p'tit' jou' rose
Pour te prouver mon sentiment
Avec ivresse je dépose
Un baiser tendre et brûlant.

JEANNETTE

Ah !

ENSEMBLE

Comm' ça bat ! (*bis*)
Qu'est-c' que je r'sentons là ?
Ah ! ben sûr c'est l'amour.
Qui m' jou' c' tour ! (*bis*)
Comm' ça bat ! (*bis*)
Qu'est-c' que je r'sentons là ?
Ah ! ben sûr c'est l'amour.
C'est l'amour,
Oui, l'amour !

(*Ils s'embrassent.*)

CHRISOSTÔME

Et maintenant, ma petite femme, nous ne nous quitterons plus.

JEANNETTE

Oh ! mon Dieu !.. (*S'échappant de ses bras.*)

CHRISOSTÔME

Eh bien, qu'as-tu donc ? ne sommes-nous pas promis l'un à l'autre, est-ce parce que t'es fermière à présent que tu ne veux plus de moi ?

JEANNETTE

Oh ! Chrisostôme, je te jure que je t'aime toujours, mais...

CHRISOSTÔME

Mais...

JEANNETTE

Ecoute-moi ben, pendant ton absence, un gas du pays m'a fait la cour.

CHRISOSTÔME

Hein ? mille noms d'une capucine ! Qué qu' j'apprends là ?

JEANNETTE

Mais je l'ons repoussé, t'attendant toujours, car voici trois mois que tous tes camarades sont rentrés et que toi...

CHRISOSTÔME

Moi, j'étais au fond du désert et j'attendais que le funiculaire passe pour revenir, mais après ?...

JEANNETTE

Eh ben ! J'avions dit pour me débarrasser d'Ignace...

CHRISOSTÔME

Quéqu'c'est qu'ça, t'Ignace ?..

JEANNETTE

L'autre, je lui avions dit que je l'épouserions si tu ne revenais pas pensant ben qu' tu me reviendrais, et ce matin quand il m'a appris ta mort malheureuse, j'ai ben pleuré, et lui a été ben content.

CHRISOSTÔME

Toul ça, c'est des contes, tu m'as trompé, tu n'es qu'une infidèle !...

JEANNETTE, *avec fermeté.*

C'est pas vrai !...

CHRISOSTÔME

Eh bien... je veux des preuves...

JEANNETTE

Mais, je n'en ai pas...

CHRISOSTÔME

Sufficit... je comprends !..

JEANNETTE

Mon ami, ..

CHRISOSTÔME

Arrière, je ne vous connais plus ! .

JEANNETTE

Oh ! mon Dieu ! mon Dieu ! J' sommes nous assez malheureuse ! (*Trouvant le papier d'Ignace.*) Ah ! Tiens !.. (*Elle lui passe le papier.*)

CHRISOSTÔME, *prenant le papier.*

Qu'est-ce que c'est que ça ?..

JEANNETTE

Lis... là...

CHRISOSTÔME, *lisant.*

A vendre six vaches, trois cochons et deux ânons... ah çà ! est-ce qu'on se fiche de moi ici... et que l'on me confondrait avec ces volatilles...

JEANNETTE

Il y a cela ?

CHRISOSTÔME

Bien sûr.

JEANNETTE

Il n'y a pas autre chose que cela ?

CHRISOSTÔME

Sans doute et c'est là-dessus que ce t'Ignace t'a appris mon trépas ?

JEANNETTE

Oui...

CHRISOSTÔME

Ous c'qu'il demeure cet oiseau-mouche que je lui apprenne comment est-ce que je me nomme... ainsi bien sûr, c'est lui qui a dit que j'étais défunt pour t'épouser à ma place et se gausser de moi ?..

JEANNETTE

Oui.

CHRISOSTÔME

Eh bien ! je vais le quérir ce dromadaire pour lui dévisser la coloquinte... Ecoute, Jeanneton, tu m'aimes toujours ?...

JEANNETTE

Plus que jamais !

CHRISOSTÔME

Eh bien, tu m'épouseras quand même et c'est lui qui payera les violons. (*On entend chanter Ignace dans les coulisses*) Qu'est-ce que c'est que ce chant intempestif ?...

JEANNETTE

Oh ! mon Dieu ! C'est lui ! C'est Ignace !

CHRISOSTÔME

Rentre chez toi, ma petite femme ! (*Il l'embrasse*) Moi je vais le recevoir...

JEANNETTE

Contiens-toi, Chrisostôme, puisque je l'aime toujours.

CHRISOSTÔME, *la faisant rentrer.*

Oui... ne crains rien. (*Elle sort*) Je vais le démolir pour lui apprendre à vivre. (*Ignace entre.*)

SCÈNE V

Chrisostôme, Ignace.

IGNACE, *accourt et s'arrête en voyant Chrisostôme, à part.*

Bigre ! un militaire ! Qu'est-ce qui peut ben vouloir celui-là.

CHRISOSTÔME, *à part.*

Voilà l'oiseau en question, attaquons la bête de front.

IGNACE, *descendant petit à petit, à part.*

J'ons l' trac dans les jambes, j' sommes nous serin, donc.

CHRISOSTÔME

Pardon, jeune homme, pourriez-vous me dire, subséquemment, si je suis bien loin de Trégignons-les-buses.

IGNACE

Trépignons-les-buses. (*A part*) Sauvé ! il n'est pas d'ici...

CHRISOSTÔME

Eh bien... oui!... il me semble que je ne m'explique pas en chinois. (*A part*) C'est un crétin.

IGNACE

Trépignons-les-buses... mais, brave guerrier, vous y êtes en plein !

CHRISOSTÔME

Ma foi tant mieux, car, mille noms d'une capucine, j'arrive directement d'Alger sans m'arrêter, jeune fils des champs...

IGNACE

Pardon ; j' sommes le fils de Jérôme.

CHRISOSTÔME, *à part.*

Ah çà ! mais, c'est un crétin qui a des chevrons. (*Haut*) C'est que voyez-vous, je suis de 20 lieues d'ici, et je ne suis venu en ce bourg.

IGNACE

Pardon, nous sommes commune.

CHRISOSTÔME

Je disais bien, dans ce bourg pour remplir une triste corvée.

IGNACE, *avec curiosité.*

Ah ! bah ! et laquelle donc ?

CHRISOSTÔME

D'abord que vous êtes superlativement un indiscret, nonobstant, et vu égard à votre faiblesse, je veux bien condescendre à vous dire le but de ma visite ici, du reste vous pouvez peut-être me servir de cicéron.

IGNACE

Ah ! si c'est rond, c'est une autre affaire. (*A part*) Il parle très bien, ce guerrier...

CHRISOSTÔME

Je suis chargé de remettre une lettre d'un de mes braves camarades à une demoiselle Jeannette, fermière...

IGNACE, *à part.*

Ah ! mon Dieu ! je n'ons plus une goutte de sang dans les veines . .

CHRISOSTÔME, *à part.*

V'là qu' ça commence... *(Haut)* Connaissez vous c'te jeunesse, par hasard ?

IGNACE.

Heu, heu... Dam ! Peut-être ben que oui, peut-être, ben que non . .

CHRISOSTÔME, *lui pressant le bras.*

Hein ?.. Qu'est-ce à dire, moucheron... Apprends que ce papier est de son fiancé, Chrisostôme, dit le brave, c'est que c'est sacré, attendu que le pauvre garçon...

IGNACE, *inquiet.*

Va venir pour l'épouser . .

CHRISOSTÔME

Mais non z'imbécile .. Les arabes se sont chargés de lui faire son affaire. . .

IGNACE

Hein ?.. Quéqu'vous avez dit ?.. Chrisostôme est mort...

CHRISOSTÔME

Hélas ! oui...

IGNACE

C'est pas possible... voyons...

CHRISOSTÔME.

Ce n'est que trop vrai, et cette lettre renferme ses dernières volontés...

IGNACE, *gaiment.*

Ah ! le pauvre garçon !

CHRISOSTÔME

Vous le connaissiez donc ?

IGNACE

Oh ! non ! je n'sommes établis meunier dans le pays que depuis trois ans, et moi qui reste là comme un idiot...

CHRISOSTÔME

Ça, c'est vrai.

IGNACE

Sans vous faire boire un coup, car il y a loin d'Algèrre ici... (*Il entre prendre deux verres, un broc et revient.*)

CHRISOSTÔME

Aussi loin que de toi à l'intellectuelle (*A part.)* Il me prend envie de le casser en deux.

IGNACE, *assis à sa table.*

Tenez ! buvons un coup et puis après je vous conduirai chez Jeanneton.

CHRISOSTÔME, *s'asseyant à table.*

Ah ! vous la connaissez donc bien ?

IGNACE

Pardine ! c'te bêtise. .

CHRISOSTÔME, *levant la main sur Ignace.*

Hein !.. Blanc bec...

IGNACE

Mais non, j'veux dire si je la connaissons puisque j'sommes voisins... alors comme ça vous vous êtes flanqué des coups avec les moricauds ?..

CHRISOSTÔME

Un peu, petit !...

IGNACE

Et vous étiez là quand ce pauvre Chrisostôme est tombé ?

CHRISOSTÔME

Hélas ! oui...

IGNACE, *à part.*

Oh ! Gueux d'Ignace, t'a-t-il d' la chance, ça m'ôte tout remords à présent.

CHRISOSTÔME, *à part.*

Quelle râclée tout-à-l'heure...

IGNACE

Vous m'avez fendu le cœur avec c'te nouvelle. (*Versant à boire*) Encore un coup à sa mémoire et à la nôtre.

CHRISOSTÔME

A la vôtre !...

AIR : *N° 5.*

CHRISOSTÔME, *se levant.*

Nous partons l' fusil sur l' dos
A cheval sur nos chameaux
Traversant l' désert immense
Où l'ombr' brill' par son absence,
Nous avions l' courage au cœur.

IGNACE

Bonheur !

CHRISOSTÔME

Et quarant' dégrés de chaleur

IGNACE

Malheur !

CHRISOSTÔME

Tout-à-coup d'vant nous s' présente
Une tribu sortant d' sa tente,
Et qui ne paraissait pas
Vouloir nous tendre les bras.
Nous descendons d' not' bête,
Un crie : à la bayonnette !
C'est pas l' moment de r'culer,

IGNACE

Morgué !

CHRISOSTÔME

Car l' bastringue va commencer.

IGNACE

Bucher !

CHRISOSTÔME

On s' cogn', on s' flanque un' pile,
Chacun de nous tu' son Kabyle.
La victoire reste aux Français ;
Quant au moment du succès
Chrisostôm' d'un bon s'élance,
Un arab' (lui crèv' la panse ;) (*bis*)
Et voilà comment a fini
Notre malheureux ami.

IGNACE

Ah ! c'est affreux, mais puisqu'il est trépassé
Buvons un coup à sa santé.

CHRISOSTÔME

Buvons deux coups (à sa santé) (*bis*).

ENSEMBLE

Et tire lire lire
Buvons de ce bon vin-là
Le verre en main, le cœur navré,
Buvons un coup à sa santé. } (*bis*).
Tire lire lire
Oui, buvons d' ce bon vin-là
Le verre en main, en main
Et le cœur navré, navré. } (*bis*).
Buvons un coup à sa santé
Le verre en main (*bis*) } (*bis*).
A sa santé ! (*4 fois*).

CHRISOSTÔME

Allons, maintenant, conduis-moi chez Jeannette, car je veux me remettre en route aussitôt ma commission faite...

IGNACE

Attends un peu, mon brave, j' te tutoie, si tu le veux ben... Je vais aller chercher une bonne bouteille de derrière les fagots, car ta nouvelle m'a rempli le cœur de joie.

CHRISOSTÔME

Tant que ça, et à cause donc ?

IGNACE

A cause que je vais épouser la Jeanneton.

CHRISOSTÔME

Comment ? la promise à feu Chrisostôme, déjà.

IGNACE

Sans doute, elle m'idolâtre et n'attendait que le trépassement de ce lignard pour être débarrassé de son sarment de fidélité.

CHRISOSTÔME

Pas possible !... Mais comment donc que tu t'appelles ?

IGNACE

Le beau, le séduisant, l'irrésistible Ignace Bêtempluche, le vainqueur du beau sexe à quinze lieues à la ronde.

CHRISOSTÔME

Ah ! c'est toi t'Ignace...

IGNACE

Non, Ignace !...

CHRISOSTÔME

T'Ignace, je dis bien ; alors c'est toi ?...

IGNACE

Mais z'oui...

CHRISOSTÔME

Bien sûr...

IGNACE

Aussi vrai comme une bête et moi ça fait deux.

CHRISOSTÔME

Eh bien ! j'ai aussi une commission pour toi...

IGNACE, *étonné.*

Ah ! bah !...

CHRISOSTÔME

Attends un peu... (*Il va prendre son bâton au pied d'un arbre*).

IGNACE, *à part.*

Une commission ! Ça m'intrigue à c't' heure... Quoiqu'ça peut ben être.

CHRISOSTOME, *revenant.*

Eh bien! Si tu es t'Ignace porte ça à ton adresse (*Il lui flanque des coups de bâton.*)

IGNACE

Oh! là, là, oh! là, donc...

CHRISOSTOME

Puisque tu es t'Ignace, moi je suis Chrisostôme!...

IGNACE

Au secours! à l'assassin!.. (*Entrée subite de Jeannette.*)

SCÈNE VI

Chrisostôme, Ignace, Jeannette.

AIR : N° 6.

TRIO

(*Ensemble.*)

CHRISOSTÔME

Pas tant d'bruit, de tapage
Tais toi vilain blanc bec
Car je veux dans ma rage
Te casser
Comm' du bois sec!
Sec!

JEANNETTE

Que de bruit, de tapage
Il le trait' de blanc bec
Et voudrait dans sa rage
Le casser
Comm' du bois sec!
Sec!

IGNACE

Je crains fort le tapage
Il me trait' de blanc bec
Me casser
Comm' du bois sec!
Sec!

bis.

JEANNETTE, *à Chrisostôme.*

Mon ami calmez-vous (*bis*)

(*Ensemble:*)

CHRISOSTÔME

Rien n'arrête ma colère

IGNACE

Sous moi tremble la terre.

JEANNETTE, *à Chrisostôme.*

Mon ami calmez-vous (*bis*)

(*Reprise de second ensemble.*)

JEANNETTE, *à Ignace.*

Redoutez son courroux!...

CHRISOSTÔME

Ah! redoute mon courroux.

ENSEMBLE

CHRISOSTÔME

M'envoyer ad patrès
Fair' croire à mon décès...
Redoute mon courroux
Mon courroux!

JEANNETTE

Vraiment, c'est surprenant
Voici le mort vivant.
Redoutez son courroux
Son courroux!

IGNACE

Je somm' navré vraiment
De voir ce mort vivant.
Je redout' son courroux
Son courroux!

REPRISE ENSEMBLE

Pas tant d'bruit de tapage
etc etc

JEANNETTE

Grâce pour lui, mon ami.

CHRISOSTÔME, *lâchant Ignace.*

Allons! Je te fais grâce, vilain Crapaud! mais pas pour toi, pour ma femme...

IGNACE, *étourdi.*

Quelle poigne! C'est le mort vivant!

CHRISOSTÔME

Maintenant, écoute bien ce que je vais te dire... Si jamais je te vois rôder autour de mon poulailler.

IGNACE

Vous aurez donc des poules?

CHRISOSTÔME

Je l'espère; tu entends, je te tords le cou comme à une oie.

IGNACE, *effrayé.*

Comme à une oye.

JEANNETTE

Monsieur Ignace, soyons bons amis et une autre fois gardez mieux vos secrets car les paroles s'envolent... et...

CHRISOSTÔME, *montrant le papier.*

Les écrits restent...

IGNACE

Alors, je sommes enfoncé ?

JEANNETTE

Ça m' fait cet effet-là...

CHRISOSTÔME

Tiens, au fond je suis bon enfant et je te prends pour garçon d'honneur ; mais tu sais, c'est moi qui ôterai les jarretières de la mariée.

JEANNETTE

Je l'espérons ben ainsi...

IGNACE

Eh ben !... Et moi alors ?.....

CHRISOSTÔME

Toi, tu ôteras mes bretelles...

IGNACE

Bah ! c'est ben fait pour moi... Eh ben... tenez... j' nons pas de rancune, j' pardonne à tous les deux et un dernier verre à la santé des épouseux ! (*Il va vers la table.*)

CHRISOSTÔME

Non, non ; cette fois c'est le bidon qui régale...

RONDE

AIR : N° 7.

Refrain

ENSEMBLE

Eh ! en avant la chanson
Du bidon !
Elle nous mène
Et nous entraine (*bis*)
Au milieu d' la bataille
Nous bravons la mitraille,
En répétant la chanson,
Du bidon !

Taratata (*ter*)
Eh ! En avant la chanson
Du bidon
Elle nous mène
Et nous entraine
Au milieu d'la bataille } *bis.*
En répétant (*bis*) la chanson
Du bidon !

CHRISOSTÔME

1er COUPLET

Quand le régiment se met en colonne
Plan rantanplan ! rantanplan !
Tambour battant !
La Vivandière à la mine friponne
Plan rantaplan ! rantaplan
Marche en avant.
Sur son dos son bidon se balance
Et la belle (*bis*) en cadence
Bravement à tous marque le pas
Et leur chantant ce refrain des combats.

EN CHŒUR

Eh ! En avant la chanson
Du bidon ! *etc, etc.*

IGNACE

2e COUPLET

Bien loin du pays sous sa capot' grise
Plan rantanplan ! rantanplan !
Tambour battant !
Le brav' soldat pensant à son payse,
Plan rantanplan ! rantanplan !
Soupir' souvent.
Mais un jour, quand la guerre est finie
Il revoit (*bis*) son amie.
Ils s' mari'nt et plus tard le troupier
Chante en berçant son petit héritier.

EN CHŒUR

Eh ! En avant la chanson,
Du bidon ! *etc., etc.*

JEANNETTE

3e

Bientôt s'ra conclu notre mariage
Plan rantaplan ! Rantaplan !
Tambour battant !
Déjà mon cœur vers la joi' du ménage,
Plan rantaplan ! Rantaplan !
Marche en avant !
A venir à la cérémonie,
Ici je (*bis*) vous convie,
Et le soir tous ensemble au festin
Nous redirons gaîment le verre en main.

En chœur

Eh ! en avant la chanson,
Du bidon ! *etc. etc.*

RIDEAU

Vannes. — Imp. LAFOLYE, 2, place des Lices. — 1902.

AUTEURS	TITRES DES ŒUVRES	Hommes	Femmes	Prix nets
Guillemaud-de Marsan.	Culotte à l'envers (La) d.	15	10	loc.
De Roze et d'Arsay	Culotte du marié (scène) (La).	1	»	1 »
H. Duharnois	Cure Merveilleuse (La).	3	1	loc.
Saint-Paul.	Dame aux bluets (La).	2	2	loc.
Lebreton-Moreau.	Dans cent ans d.	troupe	»	loc.
Pierre Achard	Dans l'Escalier	2	1	loc.
Sourilas.	Dégrafée d.	3	3	5 »
Mestre-Aubry	Demoiselle des Martigues (La) d	3	10	loc.
Cellier-Gramet.	Demoiselles Plumemboy (Les)	3	4	loc.
Marc Sônal-Pierre Laurey	Départ du régiment (Le) d.	5	10	loc.
St-Paul-G. Rose fils	Dernière carotte (La)	3	2	loc.
L. Lefèvre.	Dernier verre (Le).	2	1	4 »
F. Barbier	Deux amours de chandeliers.	1	1	5 »
F. Matz.	Deux avares (Les) d.	2	1	8 »
Ch. Hubans.	Deux coqs vivaient en paix.	2	4	6 »
F. Gracia.	Deux estafiers (Les).	2	»	2 »
Vallès-Garnier	Deux femmes de M. Grochose (Les).	3	2	loc.
A. Condamin.	Deux heures de retard	2	2	loc.
M. Chautagne.	Deux muses (Les)	2	»	4 »
F. Barbier.	Deux parfaits notaires (Les).	2	»	4 »
Hervé-Lecocq.	Deux portières pour un cordon d	3	»	4 »
Gribinski.	Déveine (La)	2	2	loc.
Moreau-Boucherat.	Diable au Moulin (Le)	4	8	loc.
St-Paul-G. Rose fils.	Divorcerons-nous.	3	2	loc.
Gramet-Talber.	Doigt coupé (Le)	troupe	»	loc.
Léon Laroche	Domestique pour rire (Un)	1	1	4 »
G. Rose fils.	Don Juan de Montmartre.	3	3	loc.
Saint-Maurice.	Doubles Vierges (Les) d	troupe	»	loc.
L. Bouvet-Lebreton	Drapeau du Régiment (Le)	5	4	loc.
Sourilas.	Drapeau jaune (Le) d.	4	2	4 »
F. Muffat-L. Bouvet	Dudule.	3	2	loc.
Bouvet-Sevre.	Dupont et Dupont.	4	3	loc.
St-Paul et Rosy fils	Durandard est un bon garçon	3	2	loc.
Dollin, Boulay-Layrice.	Durifiard.	5	2	loc.
L. Bouvet-Schmoll	Echange de bals.	5	5	loc.
De Launoy et Lions	Echarpe (L').	4	2	loc.
J. Domerc.	Ecole buissonnière (L').	3	»	3 »
Boulay-Layrice.	Ecole des Cocus (L').	4	3	loc.
Yyer-Septmons.	Eh ! Ohé ! Ladrupette ! d	2	»	loc.
Trebla-Croisier.	Elle ! d.	4	1	loc.
Ed. Lhuillier.	Elle débute ce soir.	1	1	4 »
Delaruelle.	El senor Pifiardino	1	1	6 »
M. de Marsan.	Empire du milieu (L').	3	2	loc.
Marsay.	En colonne d.	troupe	»	loc.
Daunys et Morelo.	Encore un déraillement.	3	2	loc.
Saint-Paul.	Encore une revue.	4	4	loc.
Lebreton-Moreau.	Enfant des halles (L') d.	3	2	loc.
Jallais Hubans.	Enlèvement des Sabines (L').	troupe	»	loc.
Guillemaud-de Marsan.	Enfants d'Édouard (Les) d.	2	3	loc.
Lebreton-Duroc	Enragés d.	4	4	loc.
Gribinski	En répétition.	4	3	loc.
Villebichot.	Entre deux jardins	1	1	4 »
Lebreton-Duroc	Entresol d'Eugène (L') d.	4	6	loc.
Garnier-Vallès.	Erreur de Bridouille (L').	3	2	loc.
Banès.	Escargot (L').	2	3	6 »
A. Pajol.	Esprits d'Argenteuil (Les).	5	2	loc.
P. Pottier R. Dubreuil	Estime du Concierge (L').	2	1	loc.
D. Dihau.	Eternel roman (L').	1	1	4 »
Dourel-Reydel-Tranel.	Etrennes utiles.	3	2	loc.
Garnier-Vallès.	Exploits de Malichard (Les).	6	4	loc.
L. Bouvet-Ch. Darantière	Extras de Balochard (Les). d.	4	4	loc.
St-Paul-G. Rose, fils	Fais ça pour moi.	3	2	loc.
F. Beauvallet.	Faites le jeu, Messieurs d	3	1	loc.
Moreau-Gramet	Famille Nitouche (La).	3	4	loc.
L. Bouvet, J. Serry-Rosès	Family-Plage.	6	4	loc.
Lebreton-Moreau.	Farces du Printemps (Les) d.	6	4	loc.
St-Agnan Choler	Faut du prestige (vaud.) d.	3	2	loc.
Lebreton-Duroc	Faut que j'casse la g. à Baptiste d	5	3	loc.
G. Rose père	Faux cols d'Oscar (Les).	1	2	loc.
De Launay-Lions.	Félicité.	2	2	loc.
Flers.	Femina d.	troupe	»	loc.
Ch. Gabet.	Femme de Valentino (La) d.	2	»	loc.
Moreau.	Femmes qui fument (Les) D.	7	8	loc.
F. Chandoir.	Fête à Clandine (La).	1	1	4 »
E. Duhem.	Fête à M. le Maire (La).	5	2	4 »
Guillemaud	Feuille à l'envers (La) d.	4	3	loc.
G. Fortin-J. Doyen	Fiançailles de Toinette (Les) d	1	1	loc.
Dorieuil-Bouvet	Fiancé des Nourrices (Le) d.	4	5	loc.
Javelot.	Fiancés berrichons (Les).	1	1	3 »
Soulié.	Fiancés du bonnet de coton (Les)	1	1	5 »
L. Vasseur.	Fichue idée d.	2	1	5 »
Briglians-Talber.	Fichue situation d.	4	4	loc.
Liouville.	Fièvre phylloxérique (La).	3	2	4 »
Berrié.	Fille du charpentier (La).	3	1	5 »
Lebreton-Moreau.	Fille du marin (La) d.	8	7	loc.
Dourel, Reydel, E. Hervé.	Filles de Cornenville (Les).	4	7	loc.
Lebreton-Soudant.	Filles de la Cantinière (Le) d	7	4	loc.
Lebreton.	Filles du Charcutier (Les).	3	3	loc.
Lebreton-Moreau.	Fils à Papa (Le) d.	4	7	loc.
Lebreton-Moreau.	Fils de Gouape.	4	4	loc.
Chaulieu et Bataille	Fils de M. Alphonse (Le) (vaud.) d.	5	2	loc.
Duroc-Mailfait.	Five O'Clock de la Baronne.	7	2	loc.
Villebichot.	Fleuriste et typographe.	1	1	5 »
Lebreton-Talber	Foire aux nichons (La) d.	7	7	loc.
Pradels-Quinel.	Fosse aux ours (La).	4	4	loc.
Lemonnier.	Françoise les bas bleus d.	troupe	»	loc.
Moreau-Soudant	Francs-tireurs de la mort (Les)	troupe		loc.
Lebreton-Baissier.	Frangine (La) d.	7	6	loc.
Lévy-Merset.	Fantrognon d.	8	11	loc.
Lebreton-Moreau.	Frère de lait (Le)	1	2	4 »
Carin-Tomy.	Friper's and Cº d.	5	9	loc.
Lebreton-Moreau.	Friquet d.	9	7	loc.
Cieutat.	Furet (Le).	»	1	4 »
Moreau-Touzé.	Gai gai mariez-vous !	4	3	loc.
Moreau-Darsay.	Gaîtés du bastion (Les)	5	3	loc.
L. Bouvet et Arribat.	Garçonnière de Dutocard (La)	3	3	loc.
Seraine.	Garde champêtre de Corneville (Le)	1	»	1
L. Dottin.	Gendre de M. Duplantoir (Le)	3	2	loc.
Lebreton-St-Paul.	Gontran se marie.	3	2	loc.
B. Lebreton-Soudant	Gosse (La).	3	2	loc.
Froyez-Colias.	Grand Duc Moleskine (Le) d.	6	6	loc.
Lefort.	Grand papa de la chanson (Le) d	1	1	3 »
Rèse fils et Ryvès.	Greffeur (Le).	4	3	loc.
Lebreton-Blairat.	Grenouille (La) d.	4	2	loc.
Hervo-Merki.	Grève des Boulangers (La).	5	»	1 »
Moreau-Marcus.	Grève des facteurs (La).	2	2	loc.
M.-Brisac.	Guerre aux hommes (La) d.	6	7	loc.
Lebreton-Nicolaïe.	Gueule d'Or d.	6	6	loc.
Lebreton-Moreau.	Héritière des Carapattas (L') d	8	8	loc.
De Marsan.	Heureux gagnant (L').	4	1	loc.
C. Roland-A. de Lorde	Hermance à de la Vertu, 2 actes d	2	1	loc.
Villebichot.	Hirondelles de la rue (Les).	»	2	3 »
L. Bouvet et G. Arribat.	Homme du Parc Monceau (L')	3	2	loc.
Rose fils.	Homme explosible (L')	2	2	loc.
Lebreton-Blairat	Homme pâle (L') d.	4	2	loc.
Lebreton-Duroc.	Hôtel d'Artistes d.	troupe	»	loc.
Lebreton-Duroc	Hôtel de Noblepanne d.	4	4	loc.
St-Paul-Rose fils.	Hôtel des Fantômes (L').	3	1	loc.
Darantière et Bouvet	Hôtel du lac bleu (L') d	7	6	loc.
Dourel-Reydel-Jost.	Hôtel modèle d.	7	7	loc.
E. Barbé-de Teramond	Huissier des bons jours (l')	3	2	loc.
Gatigeon-Dourel.	Hypnotiseur malgré lui (L') d	3	2	loc.
Mize-Bernède.	Idées de M. Coton (Les) d.	3	2	loc.
C. Roland.	Il était une fois d.	1	1	loc.
Bessière-De Noter.	Ile de Nénuphar (L')	5	2	loc.
Briollet et Tinant.	Ile Jaune (L').	»	»	
De Launoy et Lions.	Indispensable (L').	2	2	loc.
Briollet et Arnould	Invalide à la tête de bois (L')	7	2	loc.
B. Lebreton et Blairat.	Invalides du Mariage (Les) d.	7	7	loc.
Moniot.	Jacotte.	1	1	5 »
Liger-Aubrun.	J'ai perdu Virginie.	3	1	loc.
Nargeot.	Jeanne, Jeannette et Jeanneton d	2	3	8 »
Michiels.	Jefque et Trinne.	1	1	4 »
St-Paul.	J'en ai plein le dos	2	1	loc.
Lebreton-Soudant.	J'épouse ma bonne d.	5	4	loc.
A. Perronnet.	Je reviens de Compiègne.	»	1	4 »
Yvel.	Jeune homme du Tunnel (Le) d	3	3	loc.
Bernicat.	Jeunesse de Béranger (La).	3	1	6 »
Lebreton-Moreau.	Jocrisses du mariage (Les) d.	troupe	»	loc.
B. Lebreton.	Joies du divorce (Les) d.	troupe	»	loc.
L. Collin.	Journée aux soufflets (La).	1	1	4 »
J. Férol.	J'teux de sorts (Le).	7	4	loc.
Fransois-Derys.	Jules d.	1	1	loc.
Herpin.	Ki-Ki-Ri-Ki d.	troupe	»	loc.
Soudant.	Lâchée.	5	1	loc.
De Marsan.	Lebille est de logement.	7	8	loc.
Desormes.	Leçon de musique (La).	1	1	4 »
J. Clérice.	Léda d.	troupe	»	loc.
St-Paul.	Leroy s'amuse.	3	3	loc.
A. de Lorde.	Lettre (La) d	1	2	loc.
Cazaneuve.	Loi du pal (La) d.	troupe	»	5 »
Barbé.	Loup et l'Agneau (Le) d.	3	3	loc.
Verneuil.	Loupiot (Le).	2	»	loc.
Herpin.	Lune de Miel (La) d.	troupe	»	loc.
Moreau-Gramet.	Ma Colonelle.	2	2	loc.
Clairville fils.	Madame la baronne d.	1	1	4 »
Wachs.	Madame le docteur.	2	1	4 »
H. Mouréal-H. Blondeau	Madame Méphisto d.	troupe		4 »
Tarnemo-Celval-du Thèou	Madame Tubéreuse d.	10	9	loc.
Lebreton-St-Paul.	Mademoiselle le Docteur.	3	2	loc.
V. Roger.	Mademoiselle Louloute.	2	2	5 »
C. Flévet H. Piquot.	Magicien (Le) d.	3	1	10 »
Bessière-Marinier.	Maire et Martyr d.	3	2	loc.
F. Lémon-L. Schmoll	Maires.	7	5	loc.
Talexy.	Maître Grelot.	4	1	7 »
Levavasseur.	Major Baitapoil (Le).	3	4	loc.

AUTEURS	TITRES DES ŒUVRES	Hommes	Femmes	Prix nets	AUTEURS	TITRES DES ŒUVRES	Hommes	Femmes	Prix nets
Bouvet	Major Purjotin (Le)	4	3	loc.	F. Barbier	Par la fenêtre	1	1	4 »
Moyne-Jacontot	Mamzelle Claudinette d	3	2	loc.	Lambert-Lebreton	Par la Gymnastique d	2	2	loc.
Paul Nemo-Celsal	Mamzelle Culot	troupe	»	loc.	Henry Moreau	Partie de Campagne d	troupe	»	loc.
De Lajarte	Mam'zelle Pénélope d	3	1	7 »	Ed. Lhuillier	Pasquinette	1	1	»
De Champclos-Jacquin	Mamz'elle Phryné	3	1	loc.	Benédite-Jaibourt	Pays Vierge (le) d	8	4	loc.
François	Mandat (Le) d	7	3	loc.	De Marsan	Peau Neuve d	3	3	loc.
De Lorde-C. Roland	Ma Négresse d	4	2	loc.	Rose, fils	Peintre de talent	2	3	loc.
L. Bouvet et Dottin	Mannequin (Le)	3	2	loc.	Moreau-Darsay	Pension Carabin (La)	6	4	loc.
Jan Pierre et Morelo	Manœuvre électorale	3	»	loc.	L. Bouvet	Pensionnat St-Amour (Le)	4	4	loc.
H. Moreau	Marchande de boux-fleurs (La) d	7	5	loc.	Albert Lambert	Père Suroit (Le) d	3	1	loc.
Jouhaud	Mariages riches	1	1	3 »	Offenbach-Roques	Péri-Colle (Parodie de Périchole)	2	1	2 50
Moniot	Marianne et Jeannot d	1	2	3 »	Lebreton-St-Paul	Péril jaune (Le)	2	2	loc.
Tollet-Frot	Marié sans l'être	4	»	3 »	Perrault-Maty	Perruche de ma femme (La) d	4	3	loc.
Moreau-Duroc	Maris jaloux (Les)	5	2	loc.	Tréblat-St-Cyr	Personne	2	1	loc.
Simiot	Mariés de Nanterre (Les)	1	2	4 »	Bouvet-Schmoll	Petit Assommoir (Le) d	6	6	loc.
Beissier-Sciama	Mars et Vénus	3	2	loc.	B. Lebreton	Petit factionnaire (Le)	4	3	loc.
Millon	Matinée du Prince (La)	4	5	loc.	L. Collin	Petit Spahi (Le)	3	3	5 »
Moreau-Boucherat	Medjidié (Le)	3	1	loc.	Lebreton-Moreau	Petite baronne (La) d	6	9	loc.
Gresset-Bernard	Méfiez-vous d'Oscar d	3	2	loc.	Linas	P'tite bête vit encore (La) d	1	1	4 »
E. André	Melon (Le) (monologue saynète)	1	»	2 »	Moreau-St-Cyr	Petite Carmen (La) d	9	10	loc.
De Marsan	Ménage Blésimard (Le)	3	2	loc.	Lebreton-Moreau	Petite colonelle (La) d	7	3	loc.
Moreau-Darsay	Ménage Poire (Le)	2	2	loc.	Grubinski	Petite Etoile	3	3	loc.
Desormes	Menu de Georgette (Le)	3	2	loc.	L. Bouvet-St-Paul	Petite Fifi (La)	3	3	loc.
Ch. Gabet	Mérite des femmes (Le) d	4	4	loc.	Lebreton-Moreau	Petites Menichons (Les) d	troupe	»	loc.
Soudant-Moreau	Mimi Vadrouille	troupe	»	loc.	A. Petit	Petits lapins (Les) d	4	9	loc.
P. Bihard et J. de Pilray	Minuit et demi d	1	1	loc.	Maurey et Jimbo	Petits Trottins (Les) d	5	6	loc.
Lebreton-Moreau	Miss Kissmy d	5	5	loc.	Lebreton-Moreau	Petits Zouzous (Les)	troupe	»	loc.
Beissier	Miss Million d	troupe	»	loc.	J. Clérice	Phrynette d	5	9	5 »
Mayrargue	Modern Styl	2	2	loc.	Calvat-Tarnemo-Gibard	Pichard d	3	2	loc.
Bessier-Moreau	Môme aux Camélias (La) d	troupe	»	loc.	André	Picotin (Le)	1	1	2 »
Bessière-Ruffier	Môme aux grands yeux (La) d	8	6	loc.	Lebreton-Beissier	Piston de Clémentine (Le)	3	2	loc.
Chassaigne	Monsieur Auguste d	1	1	3 »	Schmoll	Pitou	3	2	loc.
De Marsan	Monsieur Babolin	3	2	loc.	H. Alavoine	Plumechat et Cie d	4	6	loc.
De Marsan	Monsieur de chez Maxim's (Le)	3	3	loc.	H. Barbé	Plus que 1089 jours	3	»	loc.
Paul Vallès	Monsieur Dutrognon	4	1	loc.	F. Barbier	Points jaunes (Les)	1	1	5 »
E. Bessière	Monsieur l'Inspecteur	2	4	loc.	Desfosses-Piccolini	Pommes d'amour (Les)	6	4	loc.
Garnier-Vallès	Monsieur ma belle mère	2	3	loc.	Cinon-Verdellet	Pompier d'Endoume (Le)	troupe	»	loc.
L. Rivaux	Monsieur Patemolle	2	2	loc.	Gresset-Bernard-Leloirey	Pompier d'Ernestine (Le) d	2	2	loc.
Lebreton-Moreau	Monsieur Sans Gêne d	troupe	»	loc.	Auligeon-Dourel	Poste restante 222 d	4	3	loc.
G. Jardin A. Doyen	Mort vivant (Le) d	»	»		F. Barbier	Poupée automate (La)	1	1	5 »
Blairat-Neuzillet	Mouche (La) d	5	7	loc.	St-Paul-G. Rose fils	Pour avoir la fille	4	3	loc.
Moreau-Touzé	Mouche du Coche (La)	4	2	loc.	Fay	Pour qui le gosse ?	2	3	loc.
Pariot, Chanteclair-Cuvelard	Moulin d'Amour (Le) d	5	3	8 »	Lebreton-St-Paul	Pour qui votait-on ?	4	2	loc.
Joly	Myope et presbyte d	1	4	4 »	A. Lambert	Première brouille (La) comédie	»	1	loc.
Desormes	Nègre de la Porte St-Denis (Le)	3	3	3 »	Couturet	Premières amours d	4	1	loc.
L. Dottin et G. Touzé	Nègre pour rire	3	2	loc.	F. Barbier	Premières armes de Parny (Les)	1	3	5 »
Dorfeuil-Moreau	Nez de Cyrano (Le) d	troupe	»	loc.	G. Rosefils-H. Ryyez	Prestige de l'uniforme (Le)	4	2	loc.
E. Lhuillier	Nez enchanté (Le)	1	1	3 »	Moreau	Professeur de chant (Le)	1	1	3 »
Lebreton-Blairat	Ninie la Rouquine d	5	3	loc.	De Ste-Croix	Pygmalion d	1	2	4 »
Herpin	Noce à Grospoulot (La)	5	7	loc.	Lebreton	Quatre hommes et un Caporal	5	3	loc.
F. Barbier	Noce à Suzon (La)	1	1	4	Garnier-Héros	Queue du Diable (La) d	troupe	»	loc.
E. Beissière-Noter	Noces de Lambiston (Les)	5	2	loc.	Delilia-Héros	Qui va à la Chasse	1	1	loc.
L. Collin	Noces d'or (Les)	2	1	5 »	L. Collin	Qui se dispute s'adore	1	1	3 »
Sachs-Damiens-Neuzillet	Nombrikatus Ier D	5	7	loc.	Ch. Lecocq	Rajah de Mysore d	troupe	»	8 »
Moreau-Rivaux	Nommé Baluche (Le)	1	2	loc.	Villebichot	Réponse du Berger (La)	1	1	4 »
De Marsan	Non-Lieu d	3	»	loc.	Millon	Repos du dimanche (Le) d	2	1	loc.
Bouvet-Darantière	Nos bons touristes d	5	4	loc.	Moche	Retour de Colombine (Le)	2	1	4 »
Lebreton-Beissier	Nos Marsouins en Chine d	7	4	loc.	Jacoutot	Retour de Kerdrec (Le)	2	1	4 »
Moreau-Gramet	Nos petites Chattes	3	8	loc.	Meugé	Retour de Margotte (Le)	1	1	4 »
Dorfeuil-Guillemaud-Duharnels	Nos pioupious d	6	4	loc.	L. Collin	Retour de Musette (Le)	1	1	4 »
Lebreton-Moreau	Nos voisins d	8	6	loc.	Auligeon-Dourel	Revanche de Verluisant (La) d	5	2	loc.
V. Roger	Nourrice de Montfermeil (La)	2	3	6 »	De Marsan	Revenant de la rue de la Pompe (Le)	5	5	loc.
Ch. Gabet	Nouvel Achille (Le) (vaud.) d	5	1	loc.	Auligean-Dourel-Rajdal	Revenants (Les) d	3	3	loc.
Touzé-Prud'homme	Nuit de Noces de Beaufianchet	6	4	loc.	Marsèle-A. de Lorde	Rêves d'un soir	1	1	loc.
Jacobi	Nuit du 15 octobre (La) d	3	1	6 »	Lebreton	Revue à l'envers (La)	4	4	loc.
Rose père	Omelette au lard (L')	4	2	loc.	St-Paul	Revue interdite	4	4	loc.
Dédé fils	Oncle et Neveu	3	»	3 »	Guillemaud	Rien des Agences d	3	2	loc.
Louis Bouvet	Oncle Maboulin (L')	4	4	loc.	Lhuillier	Risette	»	1	1 »
Marc-Sonal-Gréhon	On demande des jolies femmes d	6	11	loc.	Ch. Thony	Robes et Manteaux d	5	9	loc.
St. Paul	On parle Anglais	5	6	loc.	F. Chaudoir	Roi Claquette (Le) d	3	5	6 »
Bessière-Ruffier	Ordonnance Bezuchet (L')	2	2	loc.	Yvel et Briollet	Roi Koku (Le)	troupe	»	loc.
St-Paul-G. Rose fils	Ordonnance malgré lui	3	2	loc.	Desormes	Roland furieux	3	1	5 »
Berthelot-Roland	Othello chez Thaïs d	4	10	loc.	L. Desormes	Romance impossible (La)	2	»	2 »
Pacra Emmecé	Où est le père	8	4	loc.	Busnach	Rosière de Valentino (La) d	2	3	loc.
Dufils	Paille et la Poutre (La)	»	2	6 »	Michiels	Rosière d'Interlaken (La)	1	1	4 »
Boulay-Layrice	Palmé D	4	5	loc.	Ch. Gabet	Ruy Black (v.) d	7	6	loc.
Billemont	Pantalon de Casimir (Le) d	1	1	6 »	Claments	Saint-Yvon (La) d	2	1	5.
A. Petit	Par autorité de Justice d	7	9	loc.	L. Rivaux	Sacré jour de l'an	6	3	loc.
L. Rivaux	Parachute (Le)	3	2	loc.	L. Bouvet-G. Arrihat	Sacré Jules	2	2	loc.
Dorfeuil-Moreau	Paris aux Courses d	troupe	»	loc.	Briollet-Tinant	Sacré Vermillon	3	3	loc.
Febvre-Gréhon	Paris sans tailleurs	7	7	loc.	L. Dottin	Sauvage malgré lui	3	2	loc.
					Ch. Lecocq	Sauvons la caisse d	1	1	6 »
					Matrat-Febvre-Bamany	Septième Escouade (La) d	8	7	loc.
					Darantière-Bouvet	Sergent Sans-Souci (L') d	6	6	loc.

AUTEURS	TITRES DES ŒUVRES	Hommes.	Femm.	Prix nets
R. Planquette	Serment de Mme Grégoire (Le)	1	1	5 »
Lebreton-Soudant	Serment du marin (Le)	4	2	loc
Lebreton-Moreau	Signe de Léda (Le) d.	8	8	loc.
Ouvier	Simone et Boquillon	2	1	5 »
Lebreton-St Paul	Singeries de l'Amour (Les)	5	5	loc.
Marc Sonal-H. Moreau	Six filles d'Abélard (Les) d	7	7	loc.
Lebreton-Duroc	Soir de Noce d.	4	4	5 »
R. Bullières-Mallait	Soirée bourgeoise	2	2	loc.
Leserre	Soirée d'amateurs. pochade	5	»	loc.
Lebreton-Moreau	Soldat !	5	5	loc
H. Gilbert	Son Amant	2	1	loc
Bernard-Gresset	Souffleur par amour d.	3	1	loc.
Mevan	Soupirs du cœur	3	2	[illegible]
Briollet-Tinant	Source merveilleuse (La)	4	2	loc
Damaré-P. Laurey	Sous-Préfet de Pézenas (Le)	4	2	loc.
Ch. Malo	Souviens-toi de Clémentine	2	1	4 »
Moreau-Darsay	Spiritisme des Familles	4	4	loc
Tac-Coen	Suzette, Suzanne et Suzon	1	3	loc
C. Roland et P. Berthelot	Symphonie en Jaune mineur d	1	1	loc.
A. Mesnil	T'amuses-tu Pingot	6	»	loc.
Levavasseur	Tante d'Amérique (La)	3	3	loc.
C. Roland	Ta pomme, Paris	3	10	loc.
Wachs	Tata chez Toto	2	1	4 »
Lemercier et Primard	Témoin (Le)	3	1	loc.
Lambert-Lebreton	Terre-Neuve d.	3	5	loc
Saint-Paul et Rose fils	Terrible affaire	3	2	loc.
Marc Sonal	Théophile	2	1	loc.
B. Lebreton-E. Blairat	Tisane des Boërs (La)	4	2	loc.
Chassaigne	Toc	2	2	loc.
Hervé	Toinette et son carabinier	2	1	5 »
Bessière-de Gorsse	Tonton d.	3	3	6 »
Blanchard de la Bretesche	Torero de Lolotte (Le)	5	5	loc
M. Guillemaud	Toto la Rincette	5	5	loc.
Wachs	Totor et Titine	1	1	loc
Hubans	Tour de Moulinet (Le) d.	2	1	8 »
Bouvet-Febvre	Tournée Cabotin (La)	3	3	loc.
Cartier	Train des Maris (Le)	2	2	4 »
Moreau-Duroc	Tranquil'hôtel	5	4	4 »
Moreau-Darsay	Trente mille francs par an	2	2	loc.
Lebreton-Moreau	Treize jours d'un Parisien (Les) d.	troupe	»	loc
Lebreton-Moreau	Treizième spahis (Le) d.	troupe	»	loc.
Ch. Gabet	Trésor des Dames d.	2	1	loc.
Lebreton-Moreau	Trio de troupiers d.	7	5	loc.
H. Gilbert	Triple alliance (La)	5	2	loc.
H. Lebreton-J. Lebreton	Trois Cousins (Les) d.	5	3	loc.
Lebreton Térmond	Trois Gosses (Les)	4	4	loc.
Bouvet	Trois hercules pour une femme	3	2	loc.
Bessière	Troisième du trois (La)	6	6	loc
Lebreton-Moreau	Trois Maçons (Les) d.	4	2	loc.
L. Bouvet et G. Arribat	Troublante énigme	3	3	loc
Rose fils & Ryvez	Trouvez un père	4	5	loc.
Gribinski	Truc au trottin (Le)	4	3	loc.
Guillemaud-de Marsan	Truc de Binochet (Le)	3	2	loc.
Lambert-Lebreton	Truc du Pharmacien (Le)	4	1	loc.
L. David	Tu l'as voulu d.	3	1	6 »
Héros-Jost	Tziganie dans les Ménages (La) d	troupe	»	loc.
Javelot	Un amour d'épicier	2	1	4 »
Bessière	Un attentat au bois	2	2	loc
P. Lefaure	Un beau-père criminel	3	2	loc
Cardet-Lannoy	Un bon ami	2	1	loc
D. Fay	Un bon tuyau	9	4	loc
P. Henrion	Un charcutier dans les fers	1	1	4 »
De Marsan	Un client pas sérieux	4	3	loc
Chassaigne	Un Coq en jupons	1	1	4 »
Banès	Un do malade	2	1	5 »
Wachs	Un domestique pour rire	1	1	4 »
Moreau-Gramet	Un dragon pour deux	3	2	1 »

AUTEURS	TITRES DES ŒUVRES	Hommes.	Femm.	Prix nets
Roy	Un épicier peu commode	4	2	loc.
G. Laurens	Un tutur sur le gril	2	1	4 »
Ch. Malo	Un gendre à poigne	2	2	5 »
H. Levavasseur	Un grand criminel	4	2	loc.
Péricaud	Un hercule qui ne veut pas se rouiller	2	1	4 »
St Paul	Un jour d'audace	4	2	loc.
Cambillard	Un mariage à la force du poignet	1	1	3 »
Ch. Malo	Un mariage au flageolet	1	1	4 »
Dauphin	Un mariage en Chine d.	1	1	6 »
F. Bernicat	Un mari à l'essai	1	1	4 »
Péricaud	Un mari en grande vitesse	3	1	4 »
Moreau-R. Parault	Un mari somnambule	2	2	loc.
L. Collin	Un mauvais conscrit	2	»	4 »
Blanchard de la Bretesche	Un mois de clou d	2	2	loc
G. Lebreton-St-Paul	Un Oncle pour deux	3	2	loc.
Chassaigne	Un 1er jour de ménage	1	1	4 »
Mayrargues	Un Sauvetage	2	3	loc.
F. Barbier	Un souper chez Mlle Contat	»	2	5 »
Bernicat	Une aventure de la Clairon	2	2	6 »
Lebreton-Blairat	Une Consultation d.	4	3	loc.
Garnier-Vallès	Une Corbeille de Noce	5	3	loc.
E. André	Une drôle de Marquise	2	1	3 »
Claments	Une étoile d'antichambre d	2	1	5 »
Jouhaud	Une femme du quart de monde	2	1	4 »
Villebichot	Une femme qui bégaie d	3	2	6 »
L. Roques	Une femme tombée du Ciel	1	1	5 »
Villebichot	Une fille à trucs	3	1	4 »
Liouville	Une fille en loterie	2	1	4 »
Touzé-Monjardin	Une intrigue chez les Mouchamiel	2	1	loc.
Desormes	Une lune de miel normande	1	1	4 »
L. Collin	Une mariée sans mari	1	1	4 »
Ed. Lhuillier	Une marine à la vapeur	1	1	3 »
Desormes	Une mauvaise connaissance	3	2	5 »
Moreau-Darsay	Une mauvaise nuit	2	2	loc.
Moreau-Dorfeuil	Une nuit de Paris d.	troupe	»	loc.
Bouvet-G. H.	Une nuit chez les Grafouillot d	4	3	loc.
Duhem	Une partie à Robinson	2	2	4 »
L. Martin	Une partie de pêche	5	4	loc.
Wachs	Une pleine eau à Chaton	2	1	4 »
Bernicat	Une poule mouillée	1	1	4 »
Lebreton-St-Paul	Une Rosserie	2	2	loc.
De Paniagua	Une sale Histoire d	3	2	loc.
Chassaigne	Une table de café	2	»	4 »
Robillard	Une tempête conjugale	1	1	4 »
Liger-Aubrun	Urticaire (L')	4	1	loc.
Habrekorn-Latourette	Vache à Palu (La) d	4	1	loc.
R. Planquette	Valet de cœur (Le)	1	1	4 »
St-Paul	Vase de Soissons (Le)	3	2	loc.
J. Walter	Végétariens (Les) d	7	2	loc.
Robillard	Vengeance de Ramolli (La)	2	1	4 »
L. Roques	Vénus infidèle (retour de mars) d.	1	2	4 »
Autigeon	Vie de garçon (La) d.	6	16	loc.
Lebreton-Moreau	Vierges du chahut (Les) d.	5	0	loc.
Bouvet-Arribat	Vieux, le Melon et le Rat (Le)	4	3	loc.
Moreau	Villa des Gaffes (La) d	6	6	loc
Lebreton-St-Paul	Vingt-cinq minutes d'arrêt	2	2	loc.
Burani-Planquette	Vingt-huit jours de Champignolette d.	6	4	loc.
Vallès-Talber	Vingt-huit jours de Gorenflot (Les)	7	3	loc.
Ratcée-Bordeaux	Vive la Classe d	6	8	loc.
Normand-Vallès	Vive les Bleus	7	4	loc.
Lebreton-Moreau	Vocation d'Isoline (La)	1	2	5 »
Jacobi	Voilà l'plaisir, mesdames	1	1	4 »
Ch. Hubans	Voiture à vendre d.	2	»	4 »
Lebreton-Moreau	Volontaire de 92 (Le) d	7	2	4 »
Tac-Coen	Volontaire et vivandière	1	1	4 »
P. Talber-Delattre	Volupté des dames (La)	4	3	loc.
Guy-Nory-Marius	Zidore d.	6	7	loc.

Livrets d'opérettes et de vaudevilles, net : 1 franc.

Vannes. — Imp. Lafolye frères

www.ingramcontent.com/pod-product-compliance
Ingram Content Group UK Ltd.
Pitfield, Milton Keynes, MK11 3LW, UK
UKHW021022220726
13924UKWH00001B/130